월정사 입구에서

푸른시선

월정사 입구에서

김민주 시집

푸른사상
PRUNSASANG

| 시인의 말 |

짐승과 초인 사이에 놓인 밧줄이다

심연 위에 걸쳐진, 그리하여 우리들은

2015년 1월 충청도에서

김민주

■ 시인의 말

제1부 잠 못 이루고

제2부 상원사

제3부 가을의 언어

제4부 한가위 보름달

제1부 잠 못 이루고

건너편에

창문 너머 맞은편에 큰 건물이 보이는데
밤이 되면 작은 벌통 속 연노랑 불빛이 켜진다

라디오 주파수를 돌리거나 신문을
뒤적거리며 나는 어둑한 대학 건물을 바라보는데
타이머 인내의 밤을 진행시키는
말없는 저 불빛의 깜빡임
어느 날은 가까이서 또
어떤 날은 멀리서 아직도 몇 개의 창에
늦도록 불이 켜져 있다

야학인지 연구실에 별이 쏟아지는 날은
그 가슴들 한껏 촉촉해져
바람이 한줄기 창문 쪽으로
오, 오래 신선한 감흥으로 맞이할 캠퍼스
내일의 아침

사막을 지나는 법

꽃이었던가
꽃의 특징을 읽었던가 생김새에 익숙한 사람들이
편리한 시대를 만들어가며
그들끼리의 동업에 동참하며

윤기 있는 기다림이었나
또 하나의 길을 따라 낯선 방향의 지도(地圖)에
당황하며 창백한 채
한 번쯤은 뱉어야 하는 고독의 시간
사막을 가르는 낙타의 등에 타는 태양이
기억도 없이 죽어가는 오아시스엔
내가 아는 여자의 비밀스런 방

달변의 사학자와 최고의 위대함이 무엇인지를
많은 석학들이 말하며 시들어갔고
경외하는 소망하는
남은 자에 홍역처럼 번지며 술렁거림

찾았는가

보았는가

바람이 물어다준 꽃의 언어를

잠 못 이루고

어두운 골목 안쪽으로 고양이 한 마리
나약한 평온의 그림자들
길마다 밤은 차오르고
사람들 제각기 네모 틀 속에 몸을 눕혔다

자정을 넘긴 시각
누군가의 염려와
음흉스럽게 산재한 울음소리 길고양이
그 벽에 붙어 서로를 감시하듯
밤의 거리는 짧다

가로등 불빛만이 날카로운 발바닥 창문에 가깝고
볼트가 빠진 스탠드
깜박이며 뒤척이며 위험스런 게슈탈트의 진화(進化)
한 개의 문형을 길게 써내려간다

이명(耳鳴)

언제부터인가 귓바퀴에
벌레 한 마리 살고 있다
밤이면 책상 아래쯤 내려와 피리를 부는데
대나무 우수수 바람 소리다

가는 길 내 동무 하루의 일과가 끝나고
저녁놀이 고운 날 또다시 우는구나
피리 소리 깊어가며 기억을 짚어가며
사랑하거나
사랑받거나

행적 없이 떠도는 구름의 모습
안아보자 가볍게 솜털 같은 것
누구든 내밀한 바퀴 아래
꽃을 기다린 덧없는 시간 위에
휴식이거나
귓불 대문에 숨어서 피리 소리 온밤이 먹먹하다

자화상

나는 그리움 가득한 시간입니다
그대가 손끝으로 버튼을 누르면 그만
펑 하고 터져버리는 순간입니다

계절은 축복처럼 저리 환하고 오랜만
신문을 펼쳐보는데
꽃처럼 슬프고도
제발 지귀(志鬼)를 나무라지 마십시오
바람이 휘돌아간 자리에 그대가 살짝 엿보신다면
푸름 가득한 웃음입니다

클로버 클로버
어떻게 살 것인가 호레이쇼 앨저 그래프
무릎을 꿇고 내가 여기에 있습니다

오늘의 운세

행운이 오고 있습니다

금전운

애정운

건강운

여행운

당신은 오늘 동쪽으로 가시면 길합니다

처음 만나는 사람에게 악수를 청하고

초록 색깔의 옷을 선택하십시오 더욱 좋습니다

그리하여 행복을 건지길 바라오

자 축 인 묘, 진 사 오 미, 신 유 술 해

여러 사람의 이야기를 들어보고 판단하세요

그곳에 다다르기 전에

사소한 약속도

꼭 지키실 것

가정법

과장법과 가정법 중에서
가정법의 주변엔 빈한(貧寒)이 살고
웃음의 방향을 따라간다

긍정의 생각은 중요한 것이라서
가벼운 인사와 두번의 대답을 필요로 하지
진실의 단어와 우연이 겹칠 때
긍정 쪽에 치우친다고 느끼는 나는

가끔 질문을 놓치거나
대답을 못한 다음날
웃은 죄
네가 있는 곳을 바라보며 웃은 죄
이 내 가슴

마른 바람 지나는 잎사귀와
한날을 울어쌓는 벌레 소리뿐
그 말이 물들도록 바람 속에 살겠네

잠깐 그리고 오래

그것은 다정한 언어
가장 쓸쓸한 온유
엘가의 인사를 상상하며 라 스파뇨라 미친 아가씨

그날 아침 강단에 올라온 선생은
말소리도 낭창하게 꽃을 말하네
꽃처럼 말씀하시는데
계절이 가져다준 호사스러움이
소식처럼 교실마다 선물이 배달되고

암호를 해독하려 먼 길 떠난 사람들
장미 울타리를 지나며 가라앉는 것들은 편안하다
서툰 게임의 룰에서 튕겨져 나간
별빛 우수

마음은 순간에 살고
기상예보관의 호우주의보 장마는 한때 지나고
다정함도 지나고

부대찌개 같이 먹으러 갈까요

바람이 지나는 여울에 일상을 내려앉는
몇 개의 단어와
언어가 휘감기는 저기 파전골목으로
군데군데 둥근 원탁에

시대의 구박으로부터
길고도 험한 시간을 끌고 왔을
탁자 아래의 신발들
국물이 자글자글 소리를 내고
모자는 벗어놓은 채 숟가락을 들었다

혈전(血栓)처럼 떠도는 채무와
머리는 부스스 새 한 마리를 얹고
집게다리와 고독으로부터의
먼 거리 된장 같은 찰떡 같은 이야기를
저쪽 편 아저씨 금세 홍조를 띠었다
버섯전골, 깻잎전, 산사춘 매콤 살벌 짜릿하게

쌍용동 파전 집으로

찌개 냄비 고춧가루 빨갛게

끓고 있다

질투

(저기 돌기둥 뒤에 미셸이 숨었을 거야)
해외연수에 여름방학이라 또는 그룹미팅
선진지 견학 이쁜 이름들이 길바닥에 나왔는데
그 다리 위를 걷는 사람들

수만 개의 자물통 조개처럼 붙어 있다
서로에게 은근한 눈짓을 건네는가
퐁네프 다리에
아리따운 비밀이 살아 있다

계절은 선하게 빛을 발하고
무수히 걸린 사랑의 맹세
자물쇠 사러 갈 사람도 없이 난 그저
그 다리 건너간다 기다리는 사람도
행운도

저들만의 호위

지금쯤 무거운 하중에

천천히 와그르 무너지겠다

빨간 우체통 · 1

아득하다 박제된 자세로
마음을 지나왔다고 하지만
한 계절을 견뎌오는

누구라도 어여쁜 마음 하나씩
쳐다볼 수 있다면
유채꽃을 닮았구나
내 가진 것은 지워진 열차시간표

도둑처럼 흘러온 마음아 어느 지붕
낮은 곳의 화단에
채송화 눈 속 같은 까만 보석같이
꽃 사
꽃 사
여울처럼 퍼져간다

꽃무리 큰 길 찾아가거든
오래도록 얼굴을 파묻은 채

빨간 우체통 · 2

어제의 이름으로 안부를 묻고
일상을 화답하고
보낼 수 없는 편지를 쓰네

마음을 비운다
마음을 비운다운다
누군가의 마음을 얻는다는 건

나를 내가 버린다는 것
이상하다
독백이 늘어간다
혼자 말하고 또 웃었다

빨간 우체통 · 3
— 노래를 위한 가사

웃음이 나와 원래 허당이야
진심이 손끝으로 전해지는데
터질 듯 분수처럼 솟아나는 맘
무얼까 무엇일까

명랑과 율동과
푸르게 빛나는 너의 열정으로

예전에 보지 못한 마음인데
검은 눈동자에 진실이 있네
경쾌하게 춤추듯 솟아나는 맘
무얼까 무엇일까

명랑과 율동과
말없이 웃는 너의 고독으로

너를 생각하며 오늘의 시간
나처럼 그런 사람 없을걸
아직 없을걸 아직 없을걸

빨간 우체통 · 4

영화를 보러 갔어
머리에 꽃을 꽂은 여자가 기다란
방파제 부두를 향해 가네
헝클어진 머리가 바람에 날리네

내 희열이 그대 근심을 얹혔네
너의 기쁨 내게 닿기도 전에
웃음과 웃음 나눠 갖지 못한 시대를 벗어난
오래전의 신탁을

잊고저
머리 흔들어 잊고자
흑백영화였네

빨간 우체통 · 5

사거리에 섰다
시간에 쫓기며 쫓는 사람들이
아침인사는 하셨나요? 형식과 안부와

무엇을 말하고 얻으려 했나
의미 없는 질문들이 쏟아져나오고
주변으로 쾌락과 의무를 저울질하며
비스듬 긴장 후의 졸음 같은
도덕과 긍휼이 샘솟는
우리가 앉아 있는 이곳은 순결한 책상 도시
고도는 이제 오지 않는다

다투어 달려가는 시간 속을
차라리 절망을 말하리라
애써 우스꽝스런 표정으로 남았다
오, 때 묻지 않은 순수여*
넌 어디로 가버렸지

나이는 들어가고 의지할 뭔가가 필요해

* 오, 때 묻지 않은 순수여 : 킨의 노래 〈Somewhere Only We Know〉 중
  에서.

빨간 우체통 · 6

한 호흡을 생각하기에
티라노 사우루스의 발자국 울리며
번지며 행자처럼 남루함

이 저녁에 슬픔을 건너오는 것이
마음이라지만 침묵과 그 너머로
꽃씨를 거둔 사람들은 오늘 서둘러
집으로 돌아가는데
가슴에 달아둔 분홍 창백한
횔덜린의 손을

흐려지는 글씨 위로 위로 천국에 들었다가
그곳에서 거기
바람을 휘어도 좋으리
그 이름 부르는 것은 쓸쓸함이네

제2부 상원사

매미

십 년을 꿈꾼다고 하네
백 년을 말하기도 했네
검은 동굴 속 스스로 가둔 채 차라리 그것은
자유로워서 무한한 상상

밤과 낮이 구별되지 않은 채
날개 그물망 속 섬세한 혈맥이
단순함을 이끌어 푸른 의식을 채우며
여기 아름다운 날개 지도

소스라치며 잎들이 흔들리고
단단히 묶였던 사슬을 풀었다
초록 계절의 복판에서 목청껏 크게 울어라
피 터지게 힘차게 울어라
빨리 왔다고 뉘우치는 자
더디다고 불평을 쏟아내는 자
오! 시원하고 당차구나
동백아파트 숲 매미 소리가 먹먹하다

그곳엔

오래전 그 나라에 전설이

맑고 아름다워라

푸른 고요를 숨쉬며 신성과 부랑 적막에 있다

산들은 연모하며 가까이 근접하고

자유를 말하는가 기쁘고도

고된 인내의 시간을 가지며

휘몰아치는 경지 마음을 가지라

누군가의 탄식이 그곳에 있고

감사함에 젖고 한 고지를 오를 때마다

발걸음 무디지 않기를 부지런히 열망하며 희망하며

우리의 의지가 당도하기 전 깃발을 상상하노니

보아라 구름 아래

천상(天上) 죽음의 경계

각도를 조율하며 시선을 맞추다

이제 다정함을 보이라 우리의 의지는 가변적이어서

불평하거나 때로 사무치는데 Eiger Monch

융프라우를 향하다

로마의 휴일

새들은 어디서 날아오는가
낮은 언덕과 구릉
오벨리스크 높게 솟아 있다

평화를 사랑하는 게으름
제단을 오르는 계단 사이로 이름들이 새겨져 있고
피 흘리며 돌아오는 장군들
역사는 그럴 때마다 승리의 편에 섰다
심장과 또 하나의 보물을 갖고
달팽이관 둥글게 돌아가는 원형경기장에
천 년을 흠모한 이야기와
맥박처럼 뜨겁게 피가 끓고
하얗고 둥근 대리석 기둥이다

하나둘 사람들이 몰리며 두 번째의 창문이 열렸다
교황의 음성이 들리고 운집한 군중들은

손을 높이 들어 박수를 치거나

환호하며 종소리 울리다

오래도록 넓은 광장을 퍼져나갔다

언어와 표정과 손 잡은 연인들은 초목의 향기를 몰아가고

어둠에 길들인 이방인의 발길

꽃처럼 흩날리라 테베레 강변

거리 그 어느 곳으로

층계에 앉아

독자에게서 연락이 오다
미국에서 멀리 플로리다 주
반가움과 호기심 반

놀란 듯 숨이 막히고
달팽이관 속으로 들어간다
한 사람의 인격을 이해한다는 것은
숨었네 레알 꼬마여서
비좁은 달팽이 굴 속에서

여보세요 거기 근육 맨!
두 번은 없다
알 수 없는 곳으로 숨어갔나 나비처럼
사라졌나
내가 전에 그랬던 것처럼(너도)

정오와 두 시 사이

오전 강의를 듣고 터미널 쪽을 향하다
광장 앞 아스팔트에 햇살이 따갑다
고개 숙인 숙녀가 스마트폰을 쪼아대고

현의 울림이
극장을 나오며 계단에서 엄마가 밝게 웃고
눈발이 날렸던가
보라색 털외투를 입은 날
잔디밭 조형물 사이
소리가 들리는데

광장은 예전처럼 인파로 가득하고
사방을 둘러보아도 낯선 것들뿐
까마득 정수리로 햇빛이 부서지며
저기였던가
그날 흡족하게 미소 띤 아버지의 모습도
그 소리 귀에 닿을 듯
커다란 첼로가 있었던

지문

동사무소에서 서류를 하며 도장을 찍다
꺼멍 엄지 손
여직원이 의아한 듯 갸우뚱하네
시커먼 인주를 잔뜩 묻히네
손자국마다 백일홍 수국 꽃잔디 문양을 새길까
하늘 아래 잔별 소민지구대

무언가 열심히 적고 확인하며
서둘러 돌아가는 사람들이
언젠가 네가 스치며 보내준 네잎 클로버
얼굴이 하얀 동사무소 직원이
의자를 고쳐 앉을 때
패랭이꽃 장미와 지워진 손도장

열 개의 손가락을 펴고 손마디 길을 따라
한 개의 꽃문양은 남아 있으라
어딘가에 수줍게 숨어 있을

포도 한 접시

과일가게가 분주하다
고모 삼촌 동생도 가게에 나왔다

과일상자에 단물이 번지고
초록 눈썹의 여인이
반갑게 인사하다

입안에서 톡! 포도알이
프리즘 햇살
온새로미 가게 안으로 사람들이 우루루
꿀벌이 제 집인 듯 맴을 돌고

수북이 담아놓은 식탁에
엄마 이 맛난 포도를

저녁 무렵

불빛이 스며드는

비닐 칸막이 감아둔 12번 버스정류장

목숨 걸고 질주하는 차량들 저기 언덕을 살려놓은

행운마트에 손님들의 발길이 이어진 곳

도로 옆 함지박 항아리에 겨우내 얼음도

녹아 별빛 강물을 띄웠다

경희헤어숍 tore-ore 케이크 공방

청주해장국 새벽녘까지 이 길을 외울 것 같네

하루를 마감하는 정의로운 눈과

조용한 발문(跋文)이 있거든

지친 어깨와 어깨 사이 신발 끈 끄는 소리

아직 기다리는 사람들의 체온이

이 저녁

저 멀리의 외손잡이 창문에 불이 켜지면

나도 길을 건너야 하는데 안개 속을 뛰놀던 용(龍) 퍼프는

어디로 갔을까

인도 가까이로 기계음이 거칠게 섞이며

간판 위로 휘황하게 불꽃이 피고

영화처럼 스치는 사람들의 얼굴이

한쪽 언덕을 기울인 행복마트에

아직 사람들이 서성이는지

접근금지

편견과 회벽 신호등 파란불이다

상원사

산새를 보고자 했네
물소리와 다람쥐 허리를 꼬아 우스꽝스러운
이끼식물의 천진

철없는 천진에 마음을 뺏기어
수많은 연등이 날리고 흔들리는 건 잎새인데
산새를 넘어와서는
연두와 이름 모를 나무들이

그리운 격정이여 추스를 사이도 없이
숲 속에선 매일 침묵이 자라고
가시열매와 우리 앞에 놓인

낯설고도 다정함
하늘은 맑고
가까이서
수수 번지는 비파 소리

봉서산

바람과 햇살처럼

햇살과 바람처럼 길동무 봄소식

언덕을 휘감는 회오리

풋신한 잔디와 겨우내 잠자던 마른 가지에

봉서산 나무 날개

꾸르르 산새

뭐세는 한 방울로 사랑을 말하고

봄바람 등 뒤를 따라오며 어서 말을 해

말하라는데

아직 난 사랑을 몰라 자꾸 눈물이 고여 하얗게 눈이 먼 채

따사로운

누군가 등을 다독이며

길동무 바람 한줄기

월정사 입구에서

어느 눈먼 이의 노래인가
산 너머 그 너머로
버들치 강도래 오색 딱다구리
떡갈나무 잎에 스미는 향기는

젖은 눈빛과
당단풍 시린
바람 타고 오색 연등이 날리다
쉼표와 따옴표 선재동자의 적막 속으로
나무등걸의 날다람쥐 빠르다
고요함이 고요를 쓰다듬고
사자암 적멸보궁

산방은 아득하여라
용머리 지붕 위에 별이 가득
밀키웨이 길게 사선을 긋고 별똥별*이 떨어지다
소망하는

위로하는

월정사 기다란 숲길을 가다

* 별똥별을 보며 소원을 빌면 이루어진다고 한다.

꽃과 같이

기억들은 죽고 희미한 노래만 남을 것이다

2분쉼표 또는 못갖춘마디에 달린

어느 길 유랑하는 바람의 속도

시원스럽게 올려진 녹색 기둥과

부지런한 이웃들이

숨 가쁘게 마음을 물어왔어도

너는

너를

서로를 외면한 채 낡은 상쇄된 기력만 남았구나

난해한 문항이다

책갈피 어딘가에 숨어 있을 내재율

경계하듯 휘걱이는

저 바람 속에서

광주행(行)

― 면앙정(俛仰亭)에서

푸르름이 우거진 산속

멀리도 길게 내려간 계곡으로

흘러갔으라

건너편 아름드리 노송 한 그루

낭랑히 글 읽는 소리

언덕 저 아래로 병아리와 다람쥐

지그재그* 정자를 오르고있다

이견과 담소와 사모하듯 올려진 거꾸로 교실에

솜털구름 가볍다

그리움만 쌓아놓은 자미탄**의 계곡에

산길 찾아 지금 막 계단에서

병아리와 산새와

* 가파른 입구를 지그재그 계단으로 꾸미면 어떨까 하는 개인적인 상
  상임
** 자미탄(紫薇灘) : '자미'는 목백일홍나무의 별칭이고 '탄'은 여울이
  라는 뜻

낙서장

그렇게 언제나 멀리 있다
스모크 핫 커피 리필 달이 뜨지 않고 네가 뜨는 밤*
스모크 핫 커피 리필 달이 뜨지 않고 네가 뜨는 밤
압축파일이다

턴테이블 옆엔 몇 개의 노트가
잠시 머물던 마음들 어디에
푸드득 비둘기 날려 보낸 마술사 아저씨와
한 세대의 고민이 위험수위에 차 있다

시각과 음각과 사이를 누벼
모리와 함께한 그날의 메모장에
흘겨쓴 죽은 자의 시각은 불필요한데
아득하다 너에게로
도시를 감싸는 밤의 숨소리

* 인디밴드의 노래.

노랑

소주병 딱지에 붙은 도트무늬가

그림을 따라가며 글자를 읽네

바나나 껍질을 벗기고 소주를 붓고

밥상포 위를 사뿐히 날아가는 나비들

하얗고 노란 꽃구름이다

한손에는 커피잔을 들고

누런 식빵을 뜯으며 솜털 같은 어지럼증

무늬로 박힌 몇 개의 그림이다

나도 나비가 될까?

휘−얼 날아라 부디 멀리 날아가라

여럿인 듯 혼자서도 분주한

저녁의 만찬

운주사에서

석탑과 돌상이 마주보고
길을 열었다
솔방울 데구르 나무층계에 구르고
젖은 낙엽과
이젤을 세워놓고 치마 모자 뒤집어쓴 스님이다
구름 하나 당겨서 화폭에 놓았다

찌르레기는 풀숲에 살고
와불 앞에 서서
아쉬운 생각에 초조해했네
안타까울수록 목 메는 바람의 방향으로
보라색 꽃초롱이 흔들거리다

천 개의 불상은 지금쯤 땅속이나
어디 천궁에서 어리석은 중생의 길을 비춰주노니
그리 걱정만 할 것인가
빠른 자국과 매운 보폭이

조금씩 천천히 생각해보라고

여기 부처가 품고 있네

농담

후두둑 창문을 두드리는
새벽비
충격과 신선의 계절이 온다

영롱 진초록 심중을 드러낸 채
〈사랑의 방정식〉을 풀어야 하는데
알 것도 같고 당황스러워
먼 곳의 아주 높은 곳에서의 전령이
'네 목숨을 내놓아라'

아침까지 보고서를 작성해야 (돼)
부끄럽다 나는 허깨비
반짝이는 것들의 뒤에 있는

제3부 가을의 언어

지도자의 유형

꼼꼼하고 신중한 사장님은
통계방식을 고집했다

새로 신입사원이 그 아래로 들어갔는데
세심한 A와 추진력이
좋은 B가 그 대표적이다
통계방식에 순응한 첫 번째의 사람은 완벽했다
획일과 편형성

시간차 누군가는 행운을 얻기도 하고
챌린저호의 폭발이다
사고 이후 누구도 까닭을 말하지 않는다
집단과 소수의 신경다발 묶인 전선의 오랏줄
인지와 재능과

추진력과 안정과 어느 쪽에 성향이 기우는지
오늘 서류를 든 신입사원들은
동화되거나 멈칫

손

하얗고 길쭉한 누군가 봐주면 좋겠어

되도록 많은 사람들이 예쁜

이 손을

엿가락처럼 길쭉한 우리 엄마의

엄마처럼

어느 날 화들짝 놀라

천천히 바라보는데

피아노를 치듯 퉁명하고 장난스런

아아, 쓸모없는 열정들아

고단한 젊음아

조심스럽게 이제 다시 꺼내보네

엉성하고 못생겨진

재빨리 손을 감추네

누군가 이 밤 미열과 고통과

나의 손 약손

온도

눈빛이다

변형되거나 숨쉬는 1℃ 날카로운 인식을 채워

형식을 지배하는 것이 마음이라면

형체도 모양도

내 곁에서 항상성을 배제한다

형벌처럼 저기 선(善)을 구하는 현인들의

달콤한 제스처

한 걸음의 진보와 반 발짝의 후퇴

달의 측면에 기울다

시위처럼 널브러진 영혼들

고난과 내일의 희열에 예비한 측량할 수 없는

죽음에 이르기까지

가까울수록 위태롭게 소리쳐 부르는데

실재(實在)의

숨길, 한 계단 눈금이 정지된 채

가을의 언어

'ㄱ'자의 발음과 함께 구강이 움직였다
아치형의 천장

'ㄹ'자 속살을 안으로 옮겨
입천장 중심부로 바닥을 훑다
속결된 응집이다
낯설거나 비슷하며
차지거나 풀어진

가을을 뚫고 가는 나뭇가지의
찬 이슬
수만 번 입천장이 떨렸으리라
야생과 계곡
지상(地上)의 단풍이

자박이는 나뭇잎 위를 걸어가며
겹겹이 쌓이는
가을 표정 위에

서른 살

서른 살을 다정히 부르는 사람

서른 살과 원수진 사람

서른을 잃어버린 사람과(이쪽일 거임)

허리띠를 고르다가 문득 디자인을 생각하는데

꽃 모양은 건성으로

대형복사, CD롬 제작 고모네 식품 가게 앞

라일락 나무

한 쏠림이 양보하듯 다른 차들로 채워졌다

사거리에 차량들이 밀리고

저만큼 뻥튀기 아저씨의 수신호가

땀에 젖은 머리칼, 주말에나 찾아가는 웃픈 이야기는

블록마다 이별을 감추었다

플라톤의 독설을 미워한 적 이해한 적도

햇살이 뻗어가는 각도에서 누군가의 히스토리를 경청한다

한 줄기 수족관의 검은

물미역 빠르게 출렁이다

미혼모
─ 한 가정에 대한 이해

사무치는 마음이

봄날의 미모사 나뭇가지에

노랗고 작은 눈을 비빈다

나는 서른입니다

남자가 필요하지만 아이를 선택했습니다

일을 가졌습니다

그들이거나

우리 수천에서 일만 명이 오늘

아이를 방에 재워둔 채 일하러 나왔습니다

흔들며 흔들리며

나는 엄마이며

싱글입니다

42병동

새로운 튜브가 장착될 것이다

음식을 거부하는 그녀

자궁의 속으로 들어가버렸다

비상(非常)과 겨냥을 숨긴 채

시간을 연장한다거나 부를 수 없는 음절이

상의를 갈아입던 건넌방의 환자는 후다닥

몸을 움츠리다

부끄러움 역력하다

청년 시절 경찰서 ○○부대원 하셨다는 그

이쪽에서 말을 꺼내기 전에

괜찮소 나는 괜찮소

가슴에 통증파스를 부착하고 미소를 보이는데

접어진 시간과 펼치는 꿈 사이

그 옛날 유럽서 십자가 군기 휘날리며 왜 인디언들을

참혹하게 끌고 갔는지

부드럽고 포근한 자궁의 비밀은

가까이서 헤엄치는 텔로미어

어디선가 사랑스러운 음악이 흘러나왔다

알츠하이머

아츠하으리까
다른 사람 침상에 가 누워 있네
큰 애기 얌전한 모습으로

대문에 리본을 놓을까
꽃을 달아놓을까요 철없이 칭얼대는데
공간을 배회하며
흔들어 휩쓸려간
평화롭게 잠든 날이
복도 끝에서 개인비서가 황급히 따라붙다

정경부인 반듯한 콧날만 살아 있다
아츠하으리 병동을 향해 걷는 걸음은
저기 창문 쪽으로 코시코스의 우편마차를
타고 가자
타고 가자

나이트 듀티 · 1

야전병동 희미한 눈발 속으로
오늘 밤 긴 복도를 걸어가며
211호 사이드 레일을 올려
침상을 확인한다

고요하여라
촛불처럼 깜박이는 그림자 식은땀에 젖은
모습들이 안도와 한숨이 교차되면서
한 방울의 금식과 나이팅게일

내일 날에 네 꽉 다문 입술이 터지고
한 호흡이 터지고
무섭게 바람이 창문을 휘감아
뒤척이며
모래시계 더디게 지나는 시간

나이트 듀티 · 2

질문을 키우던 낮 동안의 인사와
실없이 희죽이는 사람들
차라리 풍경이라 하자

어둑한 침상에서 누군가 팔을
휘젓다 목소리 꺼져간다
가까이 다가가서 등을 감싸고
아래 위를 천천히 손바닥으로 마사지

그녀가 크게 호흡을 내뿜었다
둔해진 몸체가
불룩한 배 안에서 지금 막 투석액이 돌고
샘물처럼
병실이 다시 조용해졌다

.

나이트 듀티 · 3

주방은 어느 쪽으로 가나요
내 나물바구니 못 봤슈?
문 좀 열어주세요

큰애한테 전화를 해야 하는데
말 좀 들어 이것들아!
안개 속 몽환 속에
온 밤을 달린다

아직도 그곳에
분이네 소쿠리

나이트 듀티 · 4

마음이 다급하다
교대시간이 다가오고 노랫소리 그 환자

고래의 꿈은 살아 있어
그 바다에
반쪽 남은 머리를 이고서 노래를 한다
간밤에 본 소변량은 인 테이크 아웃
잰걸음으로 복도를 지나고
칸칸 BST 체크(혈당 높지 않아서 괜찮아요)

다시 노랫소리다
뛰어가서 구석방엔 수액을 연결
이제
아침이다
그 남자 지금쯤 동해바다 어디
등 푸른 고래로 출렁일까?

나이트 듀티 · 5

슬림형이다
납작하게 침상에 자리하고 몸을 폈다

포장지를 벗기는 손이
병뚜껑 손에서 자꾸 미끄러지네
오호라 선한 눈을 가졌는가
요 요것 좀 건너편 할아버지에게
건네주시우

부스럭 또 뭔가를 꺼내는데
요 요것 좀 받으소 고생이 많어요
호랑*에 얼른 집어넣어 얼른

접었다 폈다
성능 좋은 폴더인가 할머니
납작하게 휘어진 허리

* 호주머니의 옛말

나이트 듀티 · 6

밤새 안녕하신지요 엘 튜브(L-tube)를 꽂은 그
일어나셨어요
부지런한 간병사가 기저귀를 갈고
아기 코끼리* 비스듬히 누워 계시네

그쪽과 이쪽 아니 우리들 중 누군가는
어느 날 도서관을 들렀다고 치자 그때 열의 일곱 번째
책거리에 서 있었다 하자
호기심 갸우뚱하며 그때 문득 섬광처럼
낯익은 단어와 만나는데
먼 나라의 숲길을 걷기도 하며 흥분하며
맛깔스런 식단을 구경하는데

이제 곧 아침상이 들어옵니다
병동 안으로 커다란 밥차가 고래처럼 커다란
정신을 차리세요 우리들의 향긋한
할매 나 좀 봐 Body changed

비틀 듯이 꼬집는데 그가 초생달 눈썹을 찡그리며

처음으로 웃었다

* 206호 환자

욕창

빽빽이 들어찬 침상
가닥가닥 전신주 거미줄이다
창문을 성급히 열었다

이불을 걷고
포타딘
포타딘
천천히 몸체를 돌리다
신음 신음
엉치뼈 쪽으로 동굴이 파여 있네

뼈가 보일락
약을 묻힌 거즈를 깊숙이 넣고
검자주 색깔이다
플라스타
고약한 냄새가 확 풍겼다

그들도 한때는 인간이었다*

신환이 왔다 충북 음성군 송○○
바이탈 체크와
간호정보지에 기록하다

거무죽 마른 가죽이다
숨이 찬 듯 가래 끓는 소리를 낸다
폴리를 하고
엘 튜브가 꽂혔다

조심스럽게 침상의 각도를 올리다
퍼프를 상박에 감았다
감전되듯 몸으로 전해져왔다
크르럭, 유리병 흡인기가 뿌옇다

끓겼다가 다시 이어지는
기계 소리

* 소설 「그들도 한때는 인간이었다」에서 제목을 인용함.

이브닝

자세가 불안정하다

구부정하게 워커를 끄는 모습이

편안하게 TV를 보는 사람 몇몇은 휠체어를 끌고

지상과 지하의 반나절

스테이션 마주한 복지실에 파스 냄새 진동이다

엎드려 화생방

파스가 향긋한 쑥 냄새로 자리 잡고

맑고도 조용한 도리티 산속

우리들의 순결한

보통의 나날

자글자글 TV 소리 이웃집마냥

연속극 흥미롭게 썸 타는 모양

206호 환자 아까부터 조용하다

빈 방에서 화투를 모았다 펼쳤다가

그의 삶이 여기까지 오는 데

길거나 짧거나 고향의 자매도 (이쪽에서)연락을 끊었다는데

아까부터 그녀

제4부 한가위 보름달

편의점에 가다

사거리에서 우측으로 꺾어지다
노-란 눈동자
잠들지 않는 영민함이
발자국 잦아진 밤거리에

그곳에서 레쓰비 아메리카노
눈부신 가닥의 서편으로
가까이 손을 뻗어 자석이듯 따라 붙네
프렌치카페
에스프레소 무표정한 알바생이 바코드를 찍고
물건을 집어간다

물건이 저장되고 네모 좁은 공간에
분절된 언어
소량씩 묶어 매대에 놓여진 허기(와)

스무 살

네가 있는 곳에서 빛이 난다
아침 밝은 햇살에 얼굴을 씻고
네 심장이 더워지고

허공에 내젓는 힘찬 고함이
죽은 자의 의식을 깨우며
비틀스와 힙합을 합방하며
고요히 또한 충분히 기도를 요구하는데

사랑이여 부디 더디 오시라
비바람찬 언어와 불면의
형식과 종교와
뒤척이며 잠 못 드는데
신의(信義)를 따라간 우정 목숨을 건 한 줄의 시(詩) 이제금
참았던
4월의 유혹에서
빛나라 젊음이여 그리하여 순수에 저항하는

모순이여

팝콘나무 하얗게 몸서리치는 날
부드럽고 선한 너의 의지는
그러므로 여백의 종이에 다시 쓴다
그런 뜻이 아니지만 그렇게 해석된 눈짓과
너에게 들려주고 싶은 노래와
사랑한다
사랑한다 스무 살

웃다

오른쪽 날개가 밤사이 자라
라이트 둥근 꽃등을 달았다*
구름 위를 알맞게 그림들이 펼쳐지고
골짜기 헤매는 날들

그리움을 뉘우치기로 하네
홀로이면서 아픈 이를테면 어둠을 숨겨놓은 채도이거나
겨드랑이 근처 이름 없는 안쓰러움에 대하여
한 발 앞서 다가가면 너는 멀리 달아나고
불량스럽게 휘젓고 간 꿈자리가 울컥
울컥 올라오며
산천은 저들끼리 다정하고
용들이 꿈틀댄 자리에 하얀 길들이 생겨났다

얼음 궁전을 지나
교과서 밖의 이야기에 심취하며
윈저 공이 그녀를 위해 왕관을 버린 것처럼

세기를 지나도록

사랑스러운 둥근 지붕을 보며

그래 그래 점멸등 날개를 달았다

* British Airways 런던 히드로 공항을 가면서.

그것은

해가 서쪽에서 뜨고 동으로 지는 것
LP 레코드판 늘어진
노래 한없이 점점 야위어간

동해의 물이 다 마르고 모래와 언덕과
그 어느 상대적이며
또한 절대적인 헤아리는 고달픈
그것은 침묵 하이얀 머리띠를 하고 높은음자리표
열망하며 거부하며
명징한 사유도 없이
눈물 같은 물비늘이

처음이면서 마지막인 이별 앞에
맑게 차오른 신선한 사슴뿔 향기라 해도
함박꽃 대궁
나무 그늘에

문제

밝은 웃음을 전하고 싶은 날

어디로 가야 하나

철망에 갇힌 너는 노크 소리 듣지 못한다

크나큰 몇 개의 조각상과

눈물겹다 순결 스스로에 갇힌 밀리언 무지(無知)한 의식

봄이 어렵다

누군가의 이름은 꽃이 되기도 한다

어느 길목을 지나서 오려나

라이안의 처녀여

오늘 밤 술병에 가득 포도주를 채워두렴

계절의 조바심을 분배하며

철길 너머로 무심히 기차가 가고

마음씨 절로 꽃처럼 터지는 저녁

네가 나의 이름을 부르는 건

죄악이다 유사성과 퀴즈왕은 정해져 있고

갑자기 주변이 시들해지다

장국죽

표고버섯과 소고기를 준비했다
통쌀 통쌀 밀대와 하얀 면포를
가지런히 놓다

선생님이 보시고 더 으깨라 하신다
세월호 사건은 잠잠 전방에서 총기사건이 터지고
불만과 억압 사이
성/급/함

냄비에 약간 참기름을 두르고 볶다
물은 쌀의 5~6배 뭉긋하게 끓이며
좁쌀이 입안에서 탱글거리고
고소한 냄새

따뜻한 부뚜막으로
침착하게 불을 조절하다

정육점에서

정육점에 들렀다 하늘색 티셔츠를 입은 그
고기를 자르는데

등심 만 원어치가 호떡 한 장이라
저울대에 놓여진 얇은 육포
화들짝 놀라 어찌할 바 몰랐네
혹시 다른 부위로 주시면 안 될까요
배가 볼록 나오신 사장님 표정이 약간 굳어졌다

미안한 마음에 그냥, 막, 아무, 살코기로 주세요
생각 없이 두 냥의 고기를 샀네(차라리 잘 된 일이지 이번
참에 솜씨를 내볼까나)

혼잣말 엉뚱한 상상을 띄우네
돼지고기를 사면 푸짐할 텐데 근력 좋은 녀석들
가슴에 싸안듯 고기 한 점 들고 오며
머리가 복잡하데

김치죽이 끓고

시큼한 김치를 볶으며 두어 번 휘젓고
두리번 식탁에 참외 몇 개
참외는 귀여운 배꼽을 내놓고 있다

참외 노란 눈빛의 계절 따라 소식을 맞는데
속살을 드러내듯 향을 풀었네
가스불에 억세고 매콤한 김치죽이 끓고
바람은 창가를 들며 날며
꽃들은 제각기
바람에 날리고

그리운 식탁 위의 노–란 꽃살
창밖 너머로
바람의 노래를 듣네

짝

새로 이사한 아파트에
누가 노크를 한다 창문을 살짝 열었다
5층과 6층 사이 길게 뻗은 손이

라리라고 부를게 안녕
키 큰 너도 팔 흔들며 화답을 하네
반갑고 또 반갑다야
어떻게 여기까지 올 수가 있니

일기장에 쓴다
오늘은 특별한 날이다 내 얘기를 들어줄
내게도 이쁜 친구가 생겼으니

한가위 보름달

남으로 남쪽으로 기차 바퀴가 돌며
말고삐를 당기다
달처럼 입이 벙글어가네

짐을 내리는 사람들
아기 손을 잡았거나
정거장마다 곱게 가을을 입었다
마음 갈피에 세워둔
서둘러 돌아가야 할 이유와 평생토록
돌아오는 순환의 고리

나, 어디 중간쯤에 중심을 잡고
보름달 맞이하고 싶네
팔월 열나흗날 사람들은 눈썹도 곱게
마냥 순해지고 둥우리 속 제 새끼를
껴안고 얼리고 조심스럽게 단속하여

비밀스런 결속

내 생애엔 없을 것이다

귀향객들 속에 파묻혀

넋을 잃고 바라보네 둥근 달

Hello, 헬렌

캄캄한 눈과

어두운 귀와

더듬이 침묵 속에서

하루의 초시계가 창문에 기울고

백 일 동안 널려진 세상이다

헬렌 삼 일을 보고자 하는데 이십 오만 구천 이백 초

삼 일의 시간을 다오

초시계를 쥐고 움켜쥐고서

푸른 바다를 향해간다

하얗게 산처럼 파도가 달려온다

몰려와 넘쳐와

부르짖으라

아틀란티스

수평을 넘어서

아귀

어디가 앞인지 볼테기는 심술궂은 할망

늘어지고 사람들이 몰려 있는 어물전이다

처음 보는 화상일세

찌개를 할까 구워 먹을까

손바닥에 물컹 소름이 돋는다

고민 고민 불안 불안 칸칸 자취방

옆칸 신혼 댁에 던지듯 줘버렸네

친구한테서 전화가 왔는데 수술 끝에는

요놈이 제일이라고

둥근 접시에 한 가득이나

매콤하고 따끈하니

물렁 볼테기 겉모양만 보았다

바다에 사는 생물

서래(瑞來)

흔들리며

흔들어가는 것에 눈길을 주네

쇠비름 명아주 너는 내게 눈을 맞추라

기다려 좋은 일이 생길 거야

충성을 요구하는 절차는 어떻게 이루어지는지

해석이 필요해 옹졸한 추종자들 앞에 탈진되어

천둥과 적합성과

새벽에 눈뜬 어린 자유를 데리고

007 부동산, 성벽처럼 높게 올려 친 콘크리트 외벽에

담쟁이넝쿨 한 뼘 올라와 있다

형식이 지배하는 민국 씨 대 한 민 국

탈피를 위해 오늘 직업을 버린다

사춘기의 불안 속 저항 속

강압된 제도 앞으로 명암 3리 연화마을 8단지

센텀 정형외과 제1장재교 제시어는 〈해골〉이다

오늘의 휘발유 1838

경유는 1658원 풀미코트와 네블라이저

하늘호수 공사장 트럭이 마구 달리고 개망초 길 따라 피어
나나

꿈나무 태권도 고복수 냉면이나

보행자 작동 (O 스위치를 누르면 잠시 신호가 들어옵니다)

노랑 꽃잎 떨어져 있다

속도를 줄이시오 쉼과 빵이 있는 교회 환영합니다

매주 금요일은 나뚜르 바/컵 전상품 50% 할인 코카콜라
30% 동경일본어학원

기다려

홀리데이

샛노란 유채꽃이 펼쳐진
녹색 지대 높다랗게 삼각 방향개비가 돌아가고
아치형 창문의 뾰족 지붕이다

시대를 갈망하던
반짝이는 유혹으로부터 이끼 낀 담 벽을 따라
때론 엉뚱하고 그것은 엄숙해서
정의라 명명된 이름들
폐허 속 황실을 기억하며 장식하며
이름 모를 꽃들의 향기다

오색 깃털이 살랑거리고
꼭두각시가 춤추며 다가온다
쇼윈도 수채화 액자 그림자 속으로
누군가에겐 의미가 되고
바뀐 내림차에 절망하며
지금쯤 갑옷을 입은 병사들 건너오는데

골목을 빠져나가며

저기 황금지붕 위로 햇살이 뜨겁다

월정사 입구에서

인쇄 · 2015년 1월 25일 | 발행 · 2015년 1월 30일

지은이 · 김민주
펴낸이 · 한봉숙
펴낸곳 · 푸른사상
주간 · 맹문재 | 편집 · 지순이 | 교정 · 김수란

등록 · 1999년 7월 8일 제2-2876호
주소 · 서울시 중구 충무로 29(초동) 아시아미디어타워 502호
대표전화 · 02) 2268-8706(7) | 팩시밀리 · 02) 2268-8708
이메일 · prun21c@hanmail.net / prunsasang@naver.com
홈페이지 · http://www.prun21c.com

ISBN 979-11-308-0323-4 03810
값 8,000원

월정사 입구에서

월정사 입구에서